当代诗人自选诗

一个说明

朱 零 著

中国书籍出版社
China Book Press

图书在版编目（CIP）数据

一个说明 / 朱零著 . —北京：中国书籍出版社，2018.5
ISBN 978-7-5068-6837-2

Ⅰ.①一… Ⅱ.①朱… Ⅲ.①诗集－中国－当代 Ⅳ.① I227

中国版本图书馆 CIP 数据核字（2018）第 067119 号

一个说明

朱　零 著

图书策划	牛　超　崔付建
责任编辑	牛　超
责任印制	孙马飞　马　芝
出版发行	中国书籍出版社
地　　址	北京市丰台区三路居路 97 号（邮编：100073）
电　　话	（010）52257143（总编室）（010）52257140（发行部）
电子邮箱	eo@chinabp.com.cn
经　　销	全国新华书店
印　　刷	三河市华东印刷有限公司
开　　本	880 毫米 ×1230 毫米　1/32
字　　数	70 千字
印　　张	6.5
版　　次	2018 年 5 月第 1 版　2018 年 5 月第 1 次印刷
书　　号	ISBN 978-7-5068-6837-2
定　　价	38.00 元

版权所有　翻印必究

目录 / Contents

001　雪后饮酒图
003　上帝的赞美诗
005　风雪中晚归
007　问　答
009　牧羊人的歌唱
011　暴雪从地上向天空飞奔
013　山　坡
016　洗白与辩白
018　雪原葬仪
020　雪原风中，致作荣
021　冷　酷
023　老鹰和兔子
025　光　芒

027　纯洁之人

029　冬虫夏草

031　俯　瞰

033　黎　明

034　歌手与酒徒

037　致普拉达

038　洗　羊

041　影　子

043　望甘肃

045　G先生

047　墓　园

048　清　晨

049　雨中过普坪村，看见大出殡

051　想爸爸

054　乌　鸦

057　填　表

059　走　神

061　晚　景

063　高跟鞋

064　后周村

066　照片墙

068　真　的

070　在云南看云

072　风吹草动

073　尊　严

076　小　张

078　一个说明

080　游什邡罗汉寺

081　天桥上

084　我越来越像我的父亲了

088　和父亲并肩走着

090　惊闻父亲住了院

093　在南京路和北京路的交汇处

095　铁石心肠

096　香港脚

098　病　友

100　护士站

102　飞机场

104　微山湖记

106　奉天寺谒卢舍那，却喜欢上了阿难

108　在白居易墓前鞠躬，是不对的

110　朱子家训

112　亲　戚

114　一家人

116　两口子

117　夜晚来临

118　朋　友

120　痒

121　二　舅

123　倔老头

125　在二舅家过年

127　回乡之路

129　跟蚂蚁回家

132　鱼的尾巴动了一下

134　酸菜鱼

136　鱼在厨房里喊痛

138　西湖醋鱼

140　去兴武老营的路上

142　向日葵

144　桑科草原

146　青海羊

148　宋　庄

150　睁眼瞎

152　卡中博镇

154　玛利亚

156　哥伦比亚

158　放　学

160　红　薯

162　让　座

164　生活的影子

166　夜　色

169　冬　天

170　扫　墓

171　死　神

173　羊　头

175　一辆从贵州方向开来的车
177　葬　礼
178　多依马帮
181　清　晨
183　第二天
185　瀑　布
187　人　间
188　谒偏脸城
190　在洪海
192　坊茨小镇的一次诗朗诵
194　化装舞会
196　告　慰

雪后饮酒图

白雪之上是天空
天空也是白的
两者之间并没有
明显的过渡
雪天一色
万物苍茫
越野车停了下来
我们分别下车
从三个不同的方向
向远处眺望
我相信，在此刻
所有的眺望都是徒劳
关于这个缤纷的世界
目前只有一个颜色

相互无语

有人从后备厢里
拿出一瓶伊犁老窖
倒满三个杯子：为了什么干杯？
大地无语
我把杯中之物
恭请大地喝掉一半
然后一饮而尽
天苍苍，野茫茫
我这副肮脏的躯体
不经过酒精的擦拭
如何配得上这洁白的尘世

上帝的赞美诗

羊群从半山腰
漫无边际地涌来
仿佛赞美诗
从上帝的嘴里
脱口而出

这是哈萨克牧民的冬牧场
羊毛粘上了一层脏兮兮的泥土
变得灰暗，比天上的云层
更加无光
在羊群中手拿鞭子的人
仿佛波浪中的溺水者
有时高高举起手臂
有时沉入谷底
让找不见他的路人
暗暗担心

在去那拉提草原的路上
我们停下车子,目送着
这一行行上帝的赞美诗
奔向不远处的羊圈,薄雪
因为这群动词太过喧闹
心里像打翻了五味的瓶子
致使地面泥浆飞溅
羊群因此变得更加灰,更加黑
更加无序

"最肥的那一只
明天早上将会消失"
司机艾克拜尔说道
这个地道的哈萨克兄弟
此刻,开始想念
另一片牧场里
他的父母,以及妻子

风雪中晚归

羊群踩在积雪上
显得有些慌张
牧羊犬顾得了头
又顾不上尾
瞧它忙前忙后的样子
早晨出发前
艾克拜尔的母亲
一定又给了它额外的粮饷

风雪中晚归
星星像高高挑起的灯盏
却并不那么明亮
薄冰发出咯吱的脆响
羊群庞大
归途中,像一大片雪原在移动
前面踩出的蹄印,迅速地

被后来者抹平

不知道是否所有的羊群
都已归队
牧羊人有些疲惫,只有牧羊犬
仍在忠实地履责
这样的行程,日复一日
上帝对人间的日子
仿佛视而不见

是否白雪覆盖了我们的歌喉
为什么我们内心的波澜
在雪地上被冻成了
坚硬的骨刺

星星的灯光愈发暗淡
仿若宿命
羊群的明天
是否契合我们悠长的旅途

问 答

翻过一道山梁
不远处的山岗上
突然出现了马群
白茫茫的雪原上
有几行黑点
像排列有序的字母
出现在大地这张白纸上

坐在前排的蹩脚摄影师
连忙对司机说：停车，赶快停车
这就是我曾经梦见过的
雪原景象

看不到牧马人
也不知道马群中
是否混杂着牛羊

另一个人一直沉默不语
猛然间回过头来,既像在问我
又像在自言自语:
如果让你我出现在对面山岗
你是做一位牧马人
还是愿意
做混杂在马群中的牛羊?

牧羊人的歌唱

马群、羊群和牛群
它们按照不同的调门
各自在雪原上歌唱

牧羊人不仅仅牧羊
他还有马群和牛群
牧羊人有牧羊人的调门

牛、马和羊
都是成群的
唯有牧羊人是孤单的
牛、马和羊的歌唱
都有回声、和声与合唱
唯有牧羊人的哼唱
像单调的呜咽
惆怅,大部分时候

还不着调

雪原上时而嘈杂
时而孤寂
一匹马猛然间的一个响鼻
惊飞一堆雪花

起风了
那些牛羊、马匹
以及牧羊人
被缥缈的雪花淹没
似乎刚才的一幕
未曾发生

暴雪从地上向天空飞奔

转过一道山岗
漫天的暴雪从地上
往天空飞奔
仿佛大地深处的火焰
灼疼了它们的肌肤

它们借助一阵阵凛冽的寒风
四处逃窜，互相碰撞、撕扯
有几片雪花
又在互相谦让

这几片谦让的雪花
钻进我的脖子时
才意识到坏了
大叫一声：不好
原来火焰不仅仅深埋地下

某些人身体里的温度
甚至超过了岩浆

山 坡

半山腰有一座房子
木头的,典型的
哈萨克民居
我们往上走,牧羊犬
朝我们吠叫
屋子后面的马驹
打了两个响鼻后
侧眼瞅了瞅我们
继续埋头吃草

冬日午后,踏着细雪
我们往高处攀爬
生活需要不停地寻找
需要上升以及陌生感
旧的景物我们熟视无睹
寻找陌生人与陌路人

在我们的生命中
显得愈发重要

狗吠声引出了一位哈萨克老妇人
她依门而望
对鱼贯上山之人
显示了自己的羞涩与好客
一个终年只与自己的家人为伍的妇人
面对突兀之客
无处可退

奶茶与馕,与女主人的态度
与我们陌生的哈萨克语
愈发坦然
我们说汉语,她摇头
反之,我们亦不懂
她只顾往我们碗里添加奶茶
给我们不停地递馕
还有野生蜂蜜
我们自言自语,自己回答
自己的疑问
下山之前,有人从口袋里
掏出一百块钱
被拒绝,别反复推让
我们只好怀着羞愧之心

双手合十,说谢谢,说再见
女主人也说着不流利的"再见"
并喝住她的狗
目送我们离开

上山,下山
肚子里多了奶茶与几块馕
天空洁净,路上的积雪
被几双鞋子踩出污水与污泥
没有人能出淤泥而不染
下山的路上
有人摔了一跤
一只衣袖与半条裤子
看上去比大地还脏

洗白与辩白

雪原就是天堂
白雪就是你的裹尸布
天空上盘旋的秃鹰
是渡你的引路人
雪豹和雪兔
可以伴你到天堂门口
剩下的事情
可以交给乌云、狂风
和偶尔的丽日

在雪地上翻滚
也不能让你脱胎换骨
内心的卑劣与肮脏
并不会因为外衣上裹了一层白雪
而变得纯洁

在那拉提雪原
清者自清，浊者自浊
并不因为你在天堂门口张望了一回
就可以把自己洗白

但裹尸布不一样
不管你生前是黑是白
一旦裹上它
你连辩白的机会
都将丧失

雪原葬仪

一匹黑色老马立在雪地上
一动不动
像一场丧事中
白孝服上的黑色袖套

为谁服丧?
在这么阔大的雪原上举行葬仪
难道仅仅是因为自己太过衰老?
还是行动和语言
比起这无声的画面
都显得苍白?

站得久了
它会不会因为心事重重
而染上与白雪一样的病症

它一动不动地站在那里
为天地尽孝
又像在为自己的明天
默哀

雪原风中,致作荣

那拉提雪原,狂风大作
既不能前进
更不能后退,
大雪在怒号的风中
从四面将我们包围
兄长
此刻,我们还能去哪儿躲藏?

别动,你说,唯有站着不动
任他埋葬,来世
我们才有可能不腐

呵,是的,不腐
你在我心里

冷　酷

夜晚的那拉提草原
除了寂静，就是刺骨的冷
车灯照着白雪，如果远处
有狼群
它们会不会把车灯
当作星星来仰望

应该没有狼群
耳边除了积雪偶尔发出的
沙沙声，并无杂音
狼群应该在
冬牧场周围游荡
艾克拜尔家的羊群
隔几天就会少个一两只

世界太过安静

这样的夜晚，格外冷酷
像站在铺满白床单的停尸房
我只在车外站了几分钟
连着打了好几个冷战

老鹰和兔子

厚厚的白雪覆盖了那拉提草原
白雪为草原夏日的起伏
鸣不平
阿依浦江家的骏马再也奔跑不起来
一只鹰在远处低飞
它找不到落脚的草地

对于一只鹰来说
白雪是它诅咒的坟场
它所有的食物
都被这阔大的坟场隐藏起来
有两只雪兔支起后腿
公然对着它扮鬼脸
可怜的鹰饿得老眼昏花
要是在夏天
它在几十公里以外逡巡

这些胆小的兔子
早已吓得魂飞魄散

一切都是平坦的
冬日的那拉提草原
白茫茫望不到头
冷，但并不刺骨
草原的尽头
是哈萨克人的冬牧场
阿依浦江家刚宰杀了一匹枣红马
这几天，他忙着熏制马肉和马肠子

光 芒

积雪中,我们漫步前行
拔脚往往比踩下去
更为费劲
呵气成雾,眼镜因雾气充盈
而模糊不清
在那拉提草原,不
在那拉提雪原
我们反而显得瘦而黑
被白雪映衬
内心因虚弱而格外谨慎

没有阳光,积雪依旧刺眼
它有自己的光芒
它并不因为白而有所收敛
相反
它大咧咧地铺张开

将万物收纳、归类

雪后的那拉提
是冬天最洁净的道场
眼镜戴与不戴
有什么区别呢
即使望到天边
也是虚无和空旷
在积雪眼里
我们这几个黑点
随时可以被抹掉

纯洁之人

在雪地上站得久了
我并不觉得这世界
有多么纯洁
我不知道白雪以什么为原型
来装扮这个草原
如果人间还有死神的话
大地上至少还应该
出现黑暗、秃鹰以及泪水

除了麻木
我甚至觉察不到心跳
雪地白得晃眼
一生都在追求纯洁的人
当他置身所谓的纯洁之中
竟然无动于衷
他的脑子里一片空白

心如死灰

雪原上，纯洁只是表象
白雪融化之后
万物都将露出真容

冬虫夏草

像一种葬仪
白雪覆盖了万物
旷野里寂静无声
仿佛悲哀
已深埋大地深处
抽泣与恸哭
还在酝酿之中

仿佛这就是冬天的回应
去年我来那拉提草原时
骏马在飞奔,人声鼎沸中
门票与食宿
应声而涨
大人们怨声载道
孩子们在草地上尽情翻滚

我更喜欢冬天的那拉提
置身于这宗教般的沉静中
我愿大地把我也染白
在这场葬仪中,我希望自己
就是一匹马,或者一只羊
被奉献
最终,被那拉提的雪原
接收,让我在来年
冬天转世为虫,夏天
转世为草

俯　瞰

在雪原上
我一直对着这群牛羊
发感慨，抒情，深思
替它们的命运担忧
为它们终日觅食
最终却逃不出宿命
而哀叹

当我转过身来
身后空无一人，大地空茫
此刻
如果有人在另一座山岗上
向我这儿眺望
他是不是也会
把我与羊群混为一谈
在心里赞美我

为我抒情,替我的命运
担忧

当上帝俯瞰人类
一切都不值一谈
当我们俯瞰万物
嘴里却喋喋不休

黎 明

这雪后的那拉提草原
不再有夜幕降临
即使在这里挺立整个夜晚
也迎不来黎明

即使月亮不再照耀
即使月亮与白雪
互不照耀
我们已不需要黎明

这里没有黑夜
也没有黎明

歌手与酒徒

在雪原内部
有一座哈萨克村寨
当最肥壮的那匹马被宰杀之时
我正坐在牧民艾尼奴儿的帐篷里
喝马奶子茶

晚餐从下午开始
先是艾尼奴儿父子作陪
儿子六岁,弹冬不拉
父亲唱了一曲《天马之歌》
嗓音清亮,略带忧伤

傍晚时分,醉意已经在我的脸上
荡漾,人群越聚越多
整个村寨都在传说
一个汉人,在下午

自己就干掉了三瓶伊犁老窖
年轻的哈萨克小伙子一脸的不服气
他们手拿冬不拉
从村子的各个角落
纷纷向艾尼奴儿家汇聚

白雪映照着村寨
冬不拉声从艾尼奴儿家的帐篷里
不断往外溢涨
我艰难地起身,要出门方便
盘坐得太久了,双腿发麻
一个小伙子伸手
扶起了晃晃悠悠的我
走向门外,天哪
几十位哈萨克歌手
在帐房外排队
等着跟我比拼酒量和歌喉

白雪把夜晚
照耀得如同白昼,寒风吹来
我打了一个激灵,猛然惊醒
一个外地人
不应该在哈萨克人的地盘里
喝酒逞强
但是今晚,事已至此

我唯有给自己打气
在哈萨克人的帐篷里醉倒
并不丢脸

星月高悬，奶茶满上
白酒满上
我尽量让自己坐得端正
并在心中暗暗祈祷：
上帝啊，请看在一个纯粹的酒徒的份上
让黎明尽快到来吧

致普拉达

"什么是生活?身在梦乡而没有睡觉,
什么是死亡?已经入睡又失去梦乡。"

亲爱的普拉达
人世间的生死
你用这短短的两句话
就做了总结

如今,你已经入睡多年
早已失去了梦乡
而今夜,我迟迟不敢入睡
我渴望梦乡,但我更怕
过早地失去

注:普拉达(1848—1918),秘鲁诗人。

洗 羊

水库的坝基一角,四个牧羊人
围住八十多只羊
一只一只地把它们赶进水里
洗澡
这些绵羊,像新生的婴儿
乖巧,听话
牧羊人此刻都成了牧师
洗澡变成了洗礼

它们在坝基围成一团
看上去多么脏
而从水里上来的
转眼间就像换了一件
新衣裳

岸上停了三辆农用车

洗完澡的羊
被一只只地赶了上去
有的兴奋,有几只
显得惴惴不安
它们互相拥挤
轻声呼唤、问候
有一只小羊的母亲
在另一辆车上
小羊大声地叫"妈妈,妈妈"
没有人能听见,它的妈妈
也听不见

不久之后
车子发动了起来
车厢里一片沉默
谁也猜不透远方、未来和命运

目的地只有牧羊人知道
作为旁观者
其实我也能猜到
我的脑海里迅速飘过几个地名
波兰、奥斯维辛、东帝汶、马尼拉、卢旺达
⋯⋯以及
南京

是的
南京
就是南京

影 子

小鸟有自己的影子
高高举起的屠刀
有自己的影子,草原上飞奔的骏马
有自己的影子
肉身有自己的影子
疼痛没有影子
灵魂没有影子
菩萨没有影子
一个人离开另一个人
中间隔着一个影子

逃生的路上
有匆忙而凌乱的影子
废弃的家园
有昔日主人的影子
电闪雷鸣中

有世界末日的影子
绞刑架下，有一具长长的
偃旗息鼓了的影子

一万个诗人中
只有一个能留下
自己的影子
一万个航班里
只有MH370
没有留下影子

我居住的黑桥村
有自己的影子
崔各庄乡
有自己的影子
朝阳区，有自己的影子
北京市，有自己的影子
北京市的西边，有高高的烟囱
那是晨光下的八宝山
投在大地上
最惊心动魄的
影子

望甘肃

天山戴白帽
像年轻的顾城

祁连山的身子斜过了阳关
像顾城的另一半

两个身子依偎在一起
山峦起伏

骆驼和羊群
在山峦间游吟
有几匹马儿打着响鼻
像唱花儿的王四哥
突然冒出的高音

从新疆回望甘肃

河西走廊上
布满了喇嘛　游魂　民间歌手
以及一两只奈何桥边的
秃鹰

在甘肃
戴白帽的不全是顾城
河西走廊上除了酒鬼
偶尔
还有似行脚僧般的汉人
他们翻山越岭
面对汹涌而来的戈壁
肃立无语

从新疆回望甘肃
天山戴白帽
阳关和玉门关
空无一人

G先生

一个戴着眼镜的人
与一个没戴眼镜的人对视
是不公平的,歌德说
我极其讨厌戴着眼镜的人
一边端详着我
一边与我对话

五月二日
读歌德至凌晨,至此句
我恰好戴着眼镜
不禁一阵心虚
似乎我的眼镜,是我的利器
能够穿透他那张
布满皱纹的脸颊
窥探他的隐私、世俗与喋喋不休

闭眼片刻,我摘下了眼镜

我不想破坏我们之间的

公平

这下好了,歌德先生

让我们重新开始

墓　园

我的心像一座拥挤的
墓园
没有一个多余的
穴位

亲爱的
请你另觅佳处
爱情的坟场很多
你看街上那么多男人
每一个都是
移动的墓园

清　晨

我俯身吻你
时而激烈，时而缓慢
像沙滩上的救生员
在给溺水者
做人工呼吸
而你也像一个真正的溺水者
从我的深吻中苏醒、复活
重新回到人间

多么希望你
每天都在深吻中醒来
而我，这个不合格的救生员
总是像巨浪那样涌向你
淹没你、融入你、拥有你——
多么高的潮
直至海水退尽
沙滩上一览无余

雨中过普坪村，看见大出殡

远远地看见一队人马
举白幡，穿孝衣
在细雨中缓步前行
离村子越来越远
离不远处的殡仪馆
越来越近

能在细雨中出殡的人
都是幸运的
一场洋洋洒洒的小雨
洗尽了他蒙尘的一生
也洗去了黄泉路上的
污泥与阴郁

有人就要回归大地了
他将拥有自己的墓穴

（另一些人即使穷尽一生的光阴
死后也得不到哪怕三尺的
安居之地）
肉体重回大地的子宫
魂灵绕村三匝，最后
栖息在一堆祖宗的牌位旁
并最终成为家族的
牌位之一

那些踏上黄泉路的人
只有少数几个
能赶在细雨中下葬
我路过普坪村的时候
恰逢小雨
我缓慢地跟在这一队
送葬的人群后面
像他们的亲人一样
脸色凝重
心事重重

想爸爸

接他放学的时候
我问孩子：想爸爸吗
他脱口而出：不想

我是想我爸爸的
虽然他没接过我放学
也没送过我上学
现在他老态龙钟
我们互为远方
为了公平
现在，我既不陪他散步
也不陪他远游
但我的心里
是惦念他的
虽然我也曾嘴硬
假装冷漠

春节回老家时
我问父亲：你想你的爸爸吗
他没有丝毫停顿
干脆又直接，蹦出两个字：不想

年幼的和年长的
都不想爸爸
他们肯定是有恃无恐
我的孩子从没想过
万一有一天
失去爸爸怎么办
我的父亲早已失去了他的爸爸
他那压抑的爱
早已随他的父亲
消逝在苍茫的群山和莽原中

我的孩子一天天长大
越来越像我
我也一天天衰老
越来越像我的父亲
作为一个中年人
我既不想让父亲
过早地失去儿子
更不想让儿子

过早地失去父亲
作为连接祖孙俩的唯一一条直线
我把自己有点佝偻的背
努力地挺了又挺
不能让这条线
出现丝毫的松弛

乌 鸦

每一棵电线杆上,都站着
一只乌鸦
在乌鸦王国
国王是开明的
政府的信息公开而透亮
生产资料按需分配
它有一百万臣民
也有一百万棵电线杆

每一棵电线杆上,都站着
一只乌鸦
电线杆就是它们的家、面包和拖拉机
像严格的一夫一妻制
每一只乌鸦
都分配到了一棵
电线杆

白天，它们就站在电线杆上
思考晚上的问题
夜幕来临，有几只乌鸦
一头扎进了暮色里
我看见其中一只
往八宝山方向飞去
一边飞，一边嘹亮地
呜咽着

刚才没入夜色中的另几只
也从不同方向赶来
它们停在一棵乌桕树上
一起舞蹈、鼓瑟
像给一个刚刚逝去的伙伴过生日

物伤其类？它们分明是高兴的
电线杆属于它们个人，是私产
而树林，则是他们的操场，属于集体
这一夜，不知从四面八方
来了多少乌鸦，事后
据北京市地震网站消息
那棵乌桕树的重量
一下子增加了二十多斤
对于八宝山来说

相当于一次四级地震,震中
位于距八宝山地表六米以上的
那棵乌桕树上

填　表

这一生，我们需要
填多少表格
姓名、性别、出生年月、籍贯
每一份表格的内容
都大同小异，无非是
加一些学习成绩
加一些工作经历
加一些奖惩记录
……

最早的几张表格
大都由父母代为填写
他们为我们填的表
与我们将来墓碑上的
姓名、性别、出生年月
是那么吻合

我们墓碑上的那几行字
是拜父母所赐

我们的最后一份表格
大多由子女代为填写：
卒于某年某月某日
他们只要在我们原来的履历上
填上这最后一行数字
我们的这一生
就算基本完整

至于表格中间的那些内容
那些工作经历
那些奖惩记录
那些虚构的
与非虚构的
将成为他们在追悼我们时
夸夸其谈的用语

走 神

我经常会习惯性地抬起右手
用大拇指和食指
扶一扶鼻梁上的眼镜
很多时候,我的眼镜
并没有挂在鼻梁上
它可能在书桌上,茶几上
洗手台上,或者是在
我前女友的床头柜上

我经常习惯性地
举起左手,看时间
很多时候,我的手表
并不在我的手腕上
时间在流动
我的手表,经常待在
某个角落,任时光飞逝

自己却
一动不动

我经常会拿起手机
下意识地拨一个号码
那是一个关机已久的号码
天堂跟大地之间
尚未开通漫游
可我还是习惯性地
拨啊拨

我经常会走神
在时间之外
在人群之外
我经常不是我自己
我容易迷失
却又随时清醒

这
才是一个人的
可悲之处

晚　景

他仰卧在病榻上
微张的嘴里
有不均匀的喘息声
唯一的一颗门牙
突兀地孤悬在牙床的丘陵上
像一个暗喻　更像
一块墓碑

几个动词　动机不明
经常出现在那块墓碑周围
两滴浊泪
挂在眼角　有时
又毫无知觉地
顺着鼻梁流到了嘴角
一起往下流的
偶尔还有失禁的尿液

这曾经的钢铁巨人
恍惚间
看见有人在那块碑上
凿自己的名字

高跟鞋
　　——致阿米亥

大地答应了数次：
请进！
当你穿着嘚嘚响的高跟鞋
横穿马路时，
它说，请进！
可你听不见。

并不是真的听不见，
亲爱的阿米亥先生。
如果她真的听从大地的召唤，
她可能拥有了大地里的一切，
却会失去，
整个人间。

注：标题与第一节为阿米亥原作。

后周村

清明回到故乡
那么多人,从四面八方
像船只回到了港湾
像空中的一声呼哨
鸽群回到了主人身旁

男女老幼,手里
拿着祭品
陆续往村边的一个小山包上走
每一家逝去的人
最后都在这里聚合
这里的坟墓杂乱无序
坟头朝向各自的远方
从远处看
就像暴雨过后的孤岛
凌乱,又荒凉

亲人逝去多年的坟墓旁
人们在说笑，谈股票的涨跌
艳星的八卦以及国际形势
脸上已没有哀伤
几座新坟边
女人们的眼泪，还在流淌
我的亲人也埋葬在这里
后周村，我就像蒲公英一样
已在外飘荡多年
终有一天
我也会凋零、枯萎、死去
我宁愿回到这里的乱坟岗
与青草、蚱蜢、桃花以及祖先
埋在一起
我不想在城市的火化炉里
化作一缕青烟
夹杂在汽车的尾气里

照片墙

墙上挂满了我女儿的
照片
从出生到现在
错落有致
我离家时,看一眼
我回家时,看一眼
我不在家时
那堵照片墙
就装在我心里
我身体的重量
因此增加了三公斤

夜深时,客厅里传来
哐当一声响
仿佛女儿进门时
放旅行箱的声音

一个装着女儿照片的相框
掉到了地上
我走向客厅,小心地捡起来
擦掉灰尘
墙上出现了一小块空白
仿佛她嫁人那一天
我心里出现的那一块:
鲜活、持续、源源不断……

真 的

我是骑手
但我没有马
也没有草原
我是水手
但我没有船
也没有大海
我是丈夫
但我没有爱人
我是父亲
但我没有孩子
一个孩子都没有

我是国王
但我没有国家
也没有国土
我是上帝

但我没有子民
也没有信仰
我是蜗牛
但我没有家
也没有远方
我是兔子
但我学不会奔跑

我是律师
但我不懂法律
骑手不懂法律
水手不懂法律
丈夫不懂法律
父亲不懂法律
蜗牛不懂法律
兔子不懂法律
……

国王不懂法律
上帝不懂法律
律师不懂法律
……
有时候
居然是真的

在云南看云

在云南
眼睛的好坏
并不重要
云南离云是那么近
你甚至可以随手拉过一片
来嗅一嗅它的芳香

你可以用眼睛
随心所欲地
移动一些云彩
你可以用眼睛
把它们变成
你想要的各种形状
云南的云
就像一群听话的绵羊
躺在你的眼睛里

温柔得

让你心醉

一些云

飘过大理　飘过迪庆

飘到西藏和四川去了

那些云

你可以用眼睛

把它们唤回来

你甚至可以说

等一等　请等一等

请把我的眼睛

也一起带上

风吹草动

你的风　吹我的草
你吹
我就动
你猛吹　我猛动
你不吹　我等着动
有冲动的人
是那个见过一次
就搅乱你生活的人

微风拂过
我忍了忍
没有动
动得太多了
一般的风　难以撼动

尊 严

饭店门口
一家三口小心翼翼地
向里张望
迎宾小姐不由分说
连拉带拽
把他们挟裹进去
落座以后
孩子紧张又兴奋
小脑袋不停地
四处张望
女的有些局促
双手不停地搓着
男的在看菜单
他看得仔细而谨慎
每翻一页
都要停顿良久

他把菜单交给女的

女的又还给了他

他坐正了身子　说

凉拌海带丝

醋熘白菜

……

女的急忙制止

够了　多了

就吃不了了

服务员向她瞥了一眼

她心虚地闭了嘴

男的犹豫片刻

又要了一份小鸡炖蘑菇　抬头说

这是你最爱吃的

女的感激又心疼

他又给孩子要了一听可乐

笑容从孩子脸上溢了出来

……

他们对周围的喧嚣

视而不见

一家三口的幸福

是对一条小鸡腿

推来让去的幸福
最开心的是孩子
她小口小口地吸着可乐
（不，不是吸
她在用舌尖
小心而专注地舔）
男的很少动筷
他的脸上挂着满足
他自始至终
保持着一家人的
尊严

小　张

一个老太太　带领
一群老太太
晨练　扇子舞
扇子舞得七上八下
突然
领舞的老太太停了下来
冲着人群中一声大喊
"小张，就你慢半拍
以前在单位，你也老是慢
你要是再拖大家的后腿
明天就别来了"

七十来岁的小张
脸涨得通红
"老主任，我能跟上
我不拖大家的后腿"

像一个犯错的孩子
小张又自己单独比画了两下
……

回到家后
小张把委屈
留在了门外,这大半辈子
小张一直把委屈
留在门外
进家门以后
我的女儿直扑她的怀抱
在门外
她是隐忍的小张
在家里
她是幸福的奶奶

一个说明

有人打着我的旗号
从北京去到微山湖
吃喝　玩乐　观鸟（顺手掏走了两枚鸟蛋）
钓鱼　划木船　调戏妇女
口出狂言　能摆平谁谁谁　最后
吐了一地
晚上微山湖的朋友来电话　说　朱零
你的朋友来了
我们照顾得很好

我的朋友　分布在
云南　浙江　甘肃　山东的
一些县城　农村　小学校　文化馆
有一两个当官的
也是副职
他们与我肝胆相照　心心相印

三五年不见　也不妨碍
电话里骂娘　调侃
我很少介绍朋友　去某地　找某人
混吃混喝　这年头
我的那些朋友　还没落到
要靠我的名头
行走江湖的窘境

打着我旗号的人　请你们
恕不接待
北京　这伟大的首都　对于我
相识满天下
相知无一人

游什邡罗汉寺

罗汉寺里也有滚滚红尘
烧香的和磕头的
年轻的和年长的
单身的和成群结队的
他们把自己的灵魂暂时安放在
罗汉寺里，灵魂既已出窍
还要肉身何用？

罗汉与俗人的区别
一个是留下了肉身
一个是留下了灵魂
肉身成了罗汉
灵魂随风飘走

天桥上

那个长年在拉二胡的人
是谁？双眼似瞎非瞎
胡子白多黑少
他是谁的爹？谁的儿子？又是谁的二舅？

那个天亮时
把他放在天桥上的人
是谁？那个晚上十点多钟
才来把他接走的人
到底是谁？鬼魅一样出现
迅速翻捡他的口袋
熟练地挑走十元、五元、一元的纸币
然后，哐当哐当几下
把剩下的硬币，以及树叶、几根稻草
一股脑地倒进手提袋
像收了二胡的魂，拉二胡的人

一声叹息,虽然直起了身子
可那明显的一晃
真让人揪心

"怎么这么少?"
有时,会招来几脚踢踏
这样的屈辱,必须承受
要不然,他连过一种屈辱生活的机会
都会失去,那个收钱的人
是谁的爹?又是谁的儿子?
他代表哪个单位?
又代表什么组织?

冬天来临,鼻涕和眼泪
时常挂在那几根发白的胡须上
一张老脸,更显沧桑
落日照着皲裂的手指
二胡声时断时续,我随手扔下一枚硬币
迅速离开,有人扔钱的时候
二胡声嘎吱嘎吱响起,像割肉
钢镚声碰到铁罐子
发出一声脆响,像对二胡声的呼应
却随即
被越来越近的地铁巨大的隆隆声
淹没

这钢铁的巨响
一定还淹没了其他的东西
拉二胡的手指在轰隆声的掩盖下
迅速擦了一下红肿的双眼
老腰直了直,二胡要继续,生命要继续
他一定有着不为别人所知的痛

我越来越像我的父亲了

我越来越像我的父亲了
走路低垂着头
手指不时地张开
又合拢
准时下班
买菜　煮饭
等我的爱人回来
我摆好筷子　碗
以及她爱喝的
胡萝卜汁
便坐在电视机前
等着

我越来越像我的父亲了
喝酒微醺　然后
靠在沙发上

眯一小会儿
并发出
轻微的鼾声　这时
轮到我的爱人
坐在电视机前
守着我的梦
她替我驱赶着蚊子
她唱一些流行歌曲
以免我被一些噩梦
惊扰

三十岁以后
我越来越像
我的父亲了
以前　家里来了客人
都是父亲掌勺
他的手艺
比我母亲的还要高明
现在
我的家里
是我在掌勺
我的手艺
又比我爱人的高明
父亲不爱多说话
我也不爱说了

父亲过了知天命的年纪

好像我的心态

也平静了不少

很多事情

都看得很开

有时碰到一些闹心的事

脑子里就想一想

父亲会怎么处理

我就知道

该怎么办了

按照父亲的办法

我总是处理得

很得体

三十岁以前

我总是与父亲

对着干

他说往东

我偏要往西

他说放羊

我偏要赶鸡

有些事情

不到一定的年龄

是理解不了的

现在

我越来越懂得
我的父亲了
我的儿子与我作对的时候
我就想
小子哎
等你长到三十岁吧

我明天就要去看一看
我知天命的父亲
我要陪他喝上一口
然后
爷俩一起
眯上一小会儿
让我母亲坐在
她最爱的两个男人中间
眼含泪水
嘴角露出
她一生的满足

和父亲并肩走着

和父亲并肩走着
那是在日头落山以后
下一个日头还未启程
我走在父亲生命的间隙里

父亲偶尔向我展现他的一生
二十七岁有了我
算不上早婚
婚前一直规矩
保持着纯洁和童贞

作为孤儿
父亲没有懒惰的习惯
许多闲暇的日子
父亲都选择海边的鱼群
作为游戏的另一方

酷似年轻的恋爱

父亲见到熟人都打招呼
这一点我与父亲不同
父亲恋爱的时间长达五年
他的忠贞不渝是一株常青树
我是旁逸斜出的枝条
常令父亲暗暗担忧

惊闻父亲住了院

一个来自三千里外的消息
让我心神不宁
比钢铁还要倔强的父亲
在扛了几十年之后 终于
以溃败结束了
与身体的对抗
罪魁祸首　竟只是
几颗黄豆大小的
石头
它们在父亲的胆囊里
搭了一个马蜂窝
隔三岔五地
闹一回　每闹一回
父亲就嚷嚷
要去医院动手术
而迟迟没去的原因

是因为医生告诉他
做手术那几天　就
不能喝酒了

老爷子三十年
没断过一顿酒了　他自称
喝了一辈子
只醉过两回　一回是结婚
在浙江老家
被黄酒弄昏了头
另一回在云南
喝了假酒　头晕

这下好了
要摘马蜂窝了
酒瘾扛不过痛了
他终于可以
与那些折磨了他几十年的
小石子们
算一回总账了
他至少
下过一百回决心
这次
是动真的了

真想给父亲打个电话
我要告诉他另一个事实
我已继承了他的
好酒之风
只是
我经常喝醉　胆囊里
还没有石头

在南京路和北京路的交汇处

一个侏儒用一台电子秤
为过路的行人量身高
称体重
有时过来一个胖子
他便使劲地盯住秤上的数字
夸张地说　哇　好重啊
有时过来一位高个子
他便使劲地踮起脚尖
对着他望尘莫及的高度
夸张地说　哇　好高啊
有时过来一两位城管人员
他仰头看一眼
夸张地说　哇　好可怕啊
搬起电子秤
撒腿就跑

没人的时候
他也自己跳上电子秤
每一次量体重
他都有些失望
每一次踮起脚尖看身高
总不太满意
他嘴里嘟嘟囔囔
看见我在看他时
一脸的羞涩
像看见了城管
迅速地从秤上
跳了下来

铁石心肠

小姑娘在捉蝴蝶
问　爸爸呢
死了
怎么死的
车撞死的

小姑娘头一扬
继续捉蝴蝶

失去父亲的小姑娘
必须拥有一副铁石心肠

香港脚

一只蚊子叮上了
我的香港脚
它围着我的脚
飞过来飞过去
一会儿
闻闻我的脚趾头
一会儿用小舌尖
舔舔我的臭脚丫
它居然喜欢上了
我的香港脚
弄得我有点痒
本来想
一巴掌拍死它
算了
后来又一想
这样太便宜丫了

还不如让它也
得一回香港脚呢
我就忍着没动
直到它的小肚子
吸得滚圆
心满意足地飞走了
我才抬了抬脚
长舒一口气 心想
让丫也飞着飞着
就得找个地方停下来
挠一挠脚趾头

病　友

张三　李四　王五和赵六
一个病房的病友
同病　偶尔相怜

张三醒来后哼小曲　微笑
有时大笑　甚至
左手举着吊瓶
右手拎着饭盒
腰上挂着尿袋　出院门
悄悄买回一瓶啤酒

李四的日子温馨　柔软
妻儿日夜陪在身边
连翻个身　都有至少两个人
帮忙
尿袋挂在床边　尿袋附近

是各种水果

王五忧郁
他每天都在
反复修改遗嘱
他的尿袋　挂了也白挂
尿袋里
没有尿　他知道自己
来日无多

至于赵六　可以忽略不计
他从不说话
蜷缩在最里面的一张病床上
即使痛
也不哼一声　护士说
赵六没有亲人
没有钱
没有药
没有针水
没有上级
没有同事
没有组织……
只有病　过不了几天
连病
也会离他而去

护士站

七八个小丫头　穿白衣
戴白帽
在几十个病房间
疾步如飞　语速比她们的步伐
还要快
一个字追赶着另一个字
前脚跟着后脚
像死亡追着肉体
一张病床腾空后　来不及换床单
前一位主人
还未到太平间　下一个
就已迫不及待地
拎着一堆衣物（几天后的遗物）
前来报到

医生面色凝重

他已用尽了毕生的学识

也没有挽回那个生命　今天

他没有理由高兴

护士们不敢接触他的眼神

有一个丫头

试着跟护士长做着请求

她想下周三调个班

护士长说：下周

6床　19床　31床　还有36床

估计都会死掉

你能不能把婚期

再次延迟？

飞机场

白天,这儿属于飞机
这些鸟状的钢铁
即使休息
也不把翅膀
收回腰间

白天
这儿不属于麻雀、喜鹊
也不属于乌鸦和鸽子
凡是有翅膀的
这儿都不欢迎

在飞机起飞的那一刻
其实,有好多麻雀和鸽子
都在不远处
摆出起飞的姿势

可等待它们的
是驱鸟器　鞭炮
和狙击手

只有夜晚　夜深时
狙击手熟睡之后
这些鸟儿
才有机会悄悄
聚集在各自喜欢的飞机旁
一群波音767的粉丝
像一群小鸡仔
幸福地依偎在
老母鸡的翅膀下

月光拉长了飞机的影子
有一只鸽子
暗自努力地伸展开
灰白的翅膀
它要悄悄地同一架飞机
一较高下

微山湖记

允岭说　进湖吧
野鸭　芦苇丛和天鹅
农家小屋　木船和老六一家
在等着我们　允岭
穿西装的中年人　干净　修边幅

确实　野鸭入无人之境
飞得有些夸张
进入野鸭的地盘
像外地人到了王府井
四顾茫然
全是陌生的野鸟　还有野人
老六的孩子　七岁的毛毛　就是
其中之一

毛毛涉水　取过一个鸟蛋

给我看一眼　又小心地
放回去　野人与野鸟之间
有着协议和秘密
毛毛说　只要我一个呼哨
漫天的水鸟飞起　像雪
回到了空中

近黄昏
雪一朵又一朵落下来
微山湖
宁静的外表下
四个野人
和他们喜相逢的野鸟

奉天寺谒卢舍那,却喜欢上了阿难

是的,我不喜欢女王
却看上了她身边的丫鬟
是的,我不喜欢端庄
却欣喜于与端庄并肩的素朴
阮籍爱上了他姑姑家的侍女
我站在卢舍那大佛前
目光流连于他身边的阿难

佛前人来人往
卢舍那让人仰望　赞叹
佛首高昂　佛光普照
阿难在佛光之外
他向佛　更向往
人间

只有人间的悲欢

才称得上天堂　阿难啊
如果你未曾下过地狱
那就请你不要急于上天堂

在白居易墓前鞠躬，是不对的

我这一生
鞠过三次躬
第一次是在一位长辈的
追悼会上　鞠完后　排队
依次跟他的亲属握手
顺致节哀　保重

第二次，是在一场婚礼上
我和一位姑娘夫妻对拜后
向双方的父母
三鞠躬

这一次　是第三次
在洛阳白园的白居易墓前
大家排队
向白老前辈鞠躬致意

现在想来　这是不对的
致意什么呢
前辈居京城不易
难道我们居乡下　就容易吗
诗人在一起
比的是胸怀
而不是年纪　该致意的是生活态度
而不是方式

鞠完躬拍屁股走人
也是不对的　在农村
弯腰有时候不是鞠躬
而是捡石头打狗
在白老前辈面前弯腰
这不是诗人行径
我们应该挺直腰杆
大声告诉他
这世道　跟他在世时一样
居哪儿
都不易

朱子家训

黎明即起,洒扫庭除
我做不到
我生下来就爱睡懒觉
起床后不叠被子
有时,还懒得洗脸
没有华屋,租房子住
没有娇妻美妾,三十多了
还独自一人,漂在北京
喝酒上瘾,常常过量
一年之中,总要被人抬回出租屋
好几十回

逢年过节
有点思乡之情
可怜囊中羞涩,兜里这几个小钱
仅够几瓶酒资

平时我木讷，口拙
倒是少了很多是非
几个朋友，也都是老实巴交
臭脾气相投，有点啥事
还能鼎力相帮

我这三十多年
没啥积蓄，也没大起大落
没有妒人之心
也不幸灾乐祸
平平淡淡，爱读点书
看看体育新闻
安分守己，基本上
属于良民，至于以后
或腾达，或落魄
或俗常
听天由命

亲　戚

多么完美的一家人
父亲，母亲，姐姐，弟弟
亲密无间，欢声笑语中
二十多年不知不觉
就过去了

终于等到了这一天
姐姐出嫁了
父亲强作欢颜
母亲的泪水
溢满了眼眶
最难过的是弟弟
她拉着姐姐的袖子
难舍难分
"傻弟弟，不管姐姐嫁到哪儿
咱们还是一家人"

"不,姐姐"弟弟说
"明天起,你就是我们家的
亲戚了"

一家人

我们一行四人
我，我媳妇，她爸，她妈
出去逛街
一路上都是她们一拨
三个人手拉着手
说着她们家的方言
我有时独自走在前头
有时被她们
落在后头
没有人能看出
我们是一家人
我郁郁寡欢的模样
留在了王府井，西单，阜成门……

有两种情况
能让我与她们一家的距离

拉近

一是在商场的收银台前

我媳妇笑着

让我去付账

二是买完东西以后

交给我拎着

我赔着笑脸

屁颠屁颠地跟着

嘴上还得说　不累　一点都不累

回到家我也不得安宁

她们一家人都在

试新衣服

而我要去淘米做饭

谁让我没买新衣服呢

两口子

老马的老婆
上街时爱搂着他
两口子从二十来岁
一直在街上
搂到了五十多岁
从正面看
是两个男人在交头接耳
从背面看
是两个女人在搂肩搭背

两口子的外衣也可以互换
有人从背后冷不丁喊一声
"老马"
两人同时转过身来
如果是一般的朋友
一时还真分不清
谁是老马

夜晚来临

不相爱的两个人
也可以激情澎湃地做爱

没有了聚散两依依
不需要生死与共
不再有白头到老

两个萍水相逢的人
可以像一对真正的恋人一样
缱绻　缠绵
两具陌生的肉体纠结在一起
像麻花的一半
对另一半许下诺言

在诺言满天飞的年代
许诺就像随地吐痰

朋　友

送朋友去火葬场
一场要命的疾病
把他的命
要走了　他的父母亲
此刻　仅剩下半条命
他年幼的儿子　及尚在育龄期的妻子
加起来也算半条
他走了以后
他全部的亲人加在一起
也不过是一条命了

今天　火葬场有十六具尸体
需要作业　我的朋友
排在第十五位
要到午后
他才能让自己冒烟

这个初中时就有烟瘾的中年男子
不知是否能忍受
这最后几个小时的煎熬

我不忍看着他的亲人们
在高耸的烟囱下
目送一具又一具尸体
被送进焚尸炉　此刻
他们既希望那揪心的时刻早点到来
又希望时间
永远凝固　作为他生前的酒友
我悄悄地出去买了两条好烟
塞给那个脸上青春痘尚未褪尽的
司炉工
我见他不经意地把我的朋友
往前挪了一位

痒

夜深时
椅子发出"咔嚓"一声响
我知道
那是一种痒

几天前
椅子就响过
今夜
我又听到了
它的痒

像一声轻微的叹息
淹没在
无边的黑暗中

二　舅

二舅没有皮鞋
二舅是在一座山上
为村子看守山林的
二舅离婚以后　表姐
就跟着舅娘不知去向
二舅时时都流辛酸的泪
二舅不像男子汉

二舅怯懦地活着
逢初一、十五为山神爷烧香
夜间把门顶得死死
养了三条与他一样
见了野猪就回头跑的土狗
猎枪搁在门后
从没响过

二舅不常下山
二舅喜欢我的时候
比一千个女人还要温柔
我淘汰的夹克二舅很珍惜
说做客时才穿

倔老头

二舅有着倔强的脾气
都熬成个瘦老头了
还像头犟驴
重感冒带发烧
那么些人好说歹说
死活不去医院
说熬一熬
就好了

我一把拉住他的手　问
是你自己走着去
还是我抱着你去
你挑一个
他起初嘴还挺硬
不去不去　就是不去
我一把抱起他

管他蹬腿还是骂娘
他一会儿就老实了
附着我的耳朵说
抱着不好看
我自己走吧

打完点滴
他对着我一个劲地傻笑
露出仅剩的几颗四环素牙
我不相信这么快
他的重感冒就好了
刚才打点滴的时候
一定有些别的什么
流进了他的身体

在二舅家过年

二舅的家
跟十年前,没什么两样
大冷的天,有一些鼻涕
从他的鼻孔
探出来看我一眼,便哧溜一声
缩了回去
除了喝酒,整个过年期间
没有其他娱乐,我说
来点刺激的,打扑克吧
我的扑克技艺
还是小时候,二舅教的
二舅手头拮据
一个劲地摇头
我说来来来,你不会输的……

二舅的手气果然很好

他总是赢
他都赢得不好意思了
我还让他赢
一些大小不一的票子
流进二舅补丁的口袋里

第二天一早醒来
我发现枕头底下
是我昨天输给二舅的那些钱

回乡之路

许多离开故乡的人
回不来了
他们有些　死在了
回家的路上
有些
没有回家的盘缠
还有一些
是被故乡
伤透了心

那些死在路上的人
有我的亲人
那些没有盘缠的人
有我的亲人
那些被故乡
伤透了心的人

有我的亲人

那些整天怀念故乡的人

都是我的亲人

那些清明时节

纷纷回家祭祖的人

是我的亲人

那个从遥远的新疆

扒了一个礼拜火车

弄得灰头土脸

差点死在半路上的人

是我的二舅

跟蚂蚁回家
——悼二舅

天黑了下来
蚂蚁知道
是时候了　晚上7点
蚂蚁准时
来接您了
他们排成队
默不作声　领头的那只
多像您的父亲
他爬上您的额头
俯下身来　问
准备好了吗

蚂蚁要接您回家了
这条路　蚂蚁熟悉
他们每天

都在这条路上
迎来送往
领头的那只
俯下了身　像哄
自己的孩子
他轻轻地说
闭上眼睛　眼睛一闭上
我们就到了

您就要回到
您母亲身边了
母亲在那边
还好吗
您依稀回到了童年
那只像您父亲的蚂蚁
拉了拉您的手　轻声问
准备好了吗

蚂蚁要带您去的地方
是您的新家
那地方有野花
也有荆棘
蚂蚁知道
已经不远了
他牵住了您的手

他说　孩子　别怕
眼睛一闭上　新家
就到了

您闭上眼睛的时候
我的眼泪
忍不住就淌了下来
我的眼泪落在地上
蚂蚁刚好带您
走过的地上
潮湿了　像下过一阵雨
雨水冲断了
你们的归途
您的新家到了
我的泪水干了

鱼的尾巴动了一下

鱼的尾巴动了一下
它没有在水里
它已经上岸了
它脱掉了外衣
剃掉了胡子
它的身边
躺着一堆葱姜蒜
鱼看了它们一眼
就闭上了眼睛
鱼感觉到自己的身子
空荡荡的　很轻盈
鱼又一次想到了大海
鱼想着自己游动的样子
多洒脱啊
一个猛子
又一个猛子

就避开了
那些讨厌的大鱼

鱼的尾巴又动了一下
它感觉到痛了吗
可是它已经没有力气了
一股白烟从它身边冒起
哗地一声
那堆葱姜蒜劈头盖脸地
砸在了它身上
它刚翘起的尾巴
被砸回了锅里
并再也没有
翘起来

酸菜鱼

它根本不想
与一堆酸菜为伍
它铁青着脸
与它们
隔着一段距离

在与一张网对峙了
一个小时以后　它终于
放弃了努力
它开始旅行
坐货车　马车　三轮
在到达北京朝阳区
定福庄的菜市场前
它的经历丰富
足让那些一辈子
没出过大山的山民

羡慕不已

从鱼塘到餐桌
花了它两天时间
而长成一条
可以上桌的成年鱼
花了它整整十个月
此前它从没闻过
那讨厌的酸臭

它屏住鼻息　尽量
不用腮
和嘴巴
与一堆酸菜
漂在同一个锅里
不是它的初衷
他的眼睛睁得很大
它要看着自己
如何下锅
如何与一堆酸菜一起
被朱零和他的老婆
挑剔得
只剩下一堆骨头

鱼在厨房里喊痛

鱼在厨房里

张大了嘴

它不是在呼吸

它在喊救命

鱼在一把刀子前

摇头摆尾

它不是在献媚

它在喊痛

一双老手把它摁在砧板上

鱼瞪大了眼睛

它不是好奇

它是害怕和绝望

面对杀鱼不眨眼的

刽子手

鱼在心里

骂他的十八代祖宗

并许下心愿:
愿下辈子我为刀俎
你是鱼肉

西湖醋鱼

杭州醋　西湖鱼
绍兴老酒　香扑鼻
肉嫩
微甜
些许毛刺
些许麻烦
呸　呸　呸
吐了一地
鱼刺

在重庆
也吃了一回
西湖醋鱼
死辣　咸　黑乎乎的
旁边一对小青年
吃得甚欢　我这里

呸　呸　呸
吐了一地
辣椒皮

去兴武老营的路上

从灵武出发
前往兴武老营
一朵一朵的树
安静地蹲在戈壁滩上　它们
把身子伏得很低
远远望去
像一只只骆驼　伏下身去
把自己变成了
一群群绵羊

与它们一起伏下身去的
有酸溜草
苦犊子草
芨芨草　不
似乎是这些树不愿太过出头了
心甘情愿地

向这些挺拔的草们
俯下身躯

它们俯得太低了
甚至低过了
眼前这座明朝的兴武老营
坍塌的残垣

向日葵

从灵武县城
向任何一个方向出发
它们
都在路边　小小的个头
像小小的丫头
低头　弯腰　风吹过
摇上一摇

小小的个头
高过我的膝盖
不爱结籽
开自己的花
自己玩
它们开花
不是为了结果

车到兴武营时
有一棵向日葵
自己站在那段明城墙的土堆旁
寂寞
开
无主

桑科草原

草原的另一头
一万只蚂蚁在草丛中
埋头找乐

稍微走进
蚂蚁变成了麻雀

稍微走近
麻雀变成了羊羔

稍微走近
羊羔里出现了羊妈妈

稍微走近
羊群中出现了马匹

我在桑科草原密密麻麻的斑点中
到处寻找一个叫叶舟的
牧马人

青海羊

一群羊从青海
向甘肃方向走来
每一只都披着白云的毯子
步履悠闲
有一只还不停地
回头张望
牧羊的鞭子隐约在
青海的一隅

走过日月山顶的时候
天空飘过一阵小雨
白云的毯子
潮湿　有些灰蒙
我的手抓住一张毯子
它深情地朝我望了一眼
哈了我一手的热气

晚上　在甘肃的一顶帐篷里
我左手端着酒杯　右手抓住羊肉
并不时地往羊肉上
蘸点椒盐

宋　庄

画家成堆的地方
空气中
都弥漫着色彩

在宋庄出生的苍蝇
仿佛都分辨得出颜料、线条、人民币、婚外情
以及同性恋
不同的苍蝇
有着不同的喜好

老五家的一只
在一堆红与黑的颜色中沉迷
和老五同居的那个女画家
轰都轰不走它
我看着有些不忍
这个女的

似乎平常不怎么读书
我说
这只苍蝇是司汤达的粉丝
拜托
别拍死它

睁眼瞎

一只苍蝇在飞行
它君临广阔而充满人烟的厨房
锋利的目光
落在一张等候已久的白纸上
像一架燃油殆尽的战斗机
找到了梦寐以求的停机坪
它调整了一下角度
迫不及待地
开始下降……

它伸了伸前爪
行动已变得困难
它扇了扇翅膀
翅膀已有了千钧重量
一只苍蝇拖着沉重的躯体
慢慢挪到这张纸的尽头

可怜这只不识汉字的睁眼瞎
对着纸上"粘苍蝇纸"这几个大字
眨巴着眼睛
它至死也不会明白
陷阱　往往隐藏在
像白纸一样洁白和平坦的地方

卡中博镇

三十年的战争过后,安哥拉
出现了难得的宁静
在他东部的莫希科省
数学老师达维德
这个四十一岁的中年男子
正带着他的妻子
和七个孩子,从赞比亚的
迈哈巴难民营
回到他的出生地——
卡中博镇

他们带着十斤大米
和少量的衣物,这一天
风和日丽
在一堆废墟之间,达维德
对他的孩子们说

一切都过去了
我们的新生活
将从这里开始

玛利亚

玛利亚是安哥拉境内
400万流离失所的
难民之一，1978年，她从战乱中
逃离自己的祖国
今天，她和一群幸存者
结伴回到了家乡
她比达维德幸运
在卡中博镇，她居然找到了
尚未完全倒塌的家
在一堆瓦砾间，她甚至发现了
几朵开着的小花

玛利亚有着一头
漂亮的金发，她的酥油点心
做得特别好
她穿着蓝衬衣和工装裤

脚穿黑色皮鞋
一边收拾着残局
一边乐观地说
现在不打仗了
我要靠做点心的手艺
养活自己

哥伦比亚

亚马孙雨林的深处
政府军在集结
另一股叛乱力量
向着更深的丛林
逃逸,这是哥伦比亚的
南方,普图马约洲
一些年老的原住民
已逃离了故土
年轻一些的,被拉去当了兵
一部分,当了政府军
另一部分,成了暴徒
和抢掠者

在一个被遗弃的村庄里
一位跑不动的半瘫老人
无奈地说:"我们很不幸

我们的土地，对于一些人
很重要
他们杀死了我们的村民
也许明天
我也将被杀死"
而在另一个带空调的
办公室里
一位穿西装的官员
统计出一组数据：
在这场无休止的叛乱中
有20万无辜的平民
被杀害

放 学

村后的坟茔里,躺着
我的爷爷,和奶奶
还有更老的祖爷爷,祖奶奶
我不怕,放学后
我把牛赶到
他们的坟头,吃草
牛吃完我爷爷的草,便去
吃我奶奶的,像是
给他们剃头
有时,别人家的牛
给我的爷爷
或者奶奶剃头
我就不乐意,碰到
力气比我大的
我就骂,骂他们的爷爷
以及奶奶

回家后,我
告诉我的父亲,我去
看过爷爷奶奶了
父亲指了指桌子,说
饭凉了,吃完后
写作业去

一天
又过去了

红 薯

晚餐。希尔顿酒店
杯盘狼藉过后
有人慷慨激昂
有人埋头发短信

有人说,我办公室的一位同事
用花盆种了一棵红薯
太漂亮了
那个藤垂下来,比葡萄还好看

办公室? 种红薯?
一桌人欢呼雀跃
一个突兀的话题
把整桌人的距离
突然就拉近了
大家纷纷表示要效仿

发短信的人抬起了头　说
明天就上街买红薯苗

我曾经在乡下种了二十年的红薯
那些年
红薯是用来活命的
我相信那些在办公室种红薯的人
没有一个是我的亲人

让 座

我把儿子从乡下接来北京
快一年了
他爱上了这个大染缸
星期天我陪他去王府井
吃麦当劳
中途上来一位老太太
戴茶色眼镜　皮肤白皙
体态丰腴　一副
知识分子模样　脸上带着
老祖母的微笑
我的儿子
像个懂事的花朵
给老祖母让了座　并说
不用谢

回来的路上

一位老汉
一直站在儿子的座位旁
扛着两个破旧的蛇皮口袋
身上散发着
农村的气息
儿子吸了吸鼻子
把目光
投向了窗外
我捅捅他 说
给爷爷让个座啊
花朵说
一个乡下人
我才不让呢

一个乡下人的孩子
进城没几天
就被这个大染缸
给染了

生活的影子

我看到一个孤单的影子
被月光
拉得颀长而丑陋　那是
我的影子
冷的风
不能把它
茅草一样吹弯
影子里
有我的骨头

那是
生活的影子
阴冷的月光下
枯瘦而清晰
这充满了铁质的影子
在背后

默默注视着我

影子里

有我的骨头

夜 色

1

这茫茫夜色。

手伸进黑夜,伸进一片寒冷之中,欲望的手努力地向外伸去。

听不见风声,听不见鸟儿的歌。
偶尔传来几声轰鸣。

无边的黑网笼罩着苍穹,心被勒得近乎窒息。
无声的夜里,思想到处蔓延。

2

也许已习惯了夜。
寂寞住进心里太久了,寂寞习惯了夜。

没有月光。
没有朋友,朋友在夜色之外。
爱情在夜色之外。

在爱情之外,是春天。
而现在,雪覆盖了一切。
犹如夜色。

但并不寒冷,思念像剑一样划过夜空。
我已隐约看到了春天。
以及春天里的爱人。

3

正如这风。
在寒冷的万寿路南口,恣肆地狂舞。
它撞击着每一扇门。
它要推翻一切。

风中的行人舞姿优美,脚步摇摆不定。
风中沙飞石走。
在风中,思念被降到零度以下。
除了回家,风中没有任何杂念。

家在万寿路南口的一栋三层小屋之中。靠西边的窗口映满晚霞的光辉。

　　　　家零乱而且孤独。
　　　　酷似万寿路南口的一只旧垃圾桶。
　　　　缺乏暖意。

　　　　家在风中摇摆不定。像一种舞蹈。
　　　　心在家里忧郁而烦躁不安。
　　　　像舞蹈中一个小小的过失。

冬　天

树叶掉了一片又一片
张眼望去
光秃秃的北方
荒凉和沧桑
树上已没什么好掉的了
最后
掉下一只麻雀

扫 墓

有些人死后拥有一座坟墓
有些人死后
留下这个时代的良心

我不想要墓碑　无字碑
对我也一无用处

我只是希望仍然有人读我
在世时留下的文字
他们每翻一页
都像在用手指
抚摸我的墓碑，像在
一次又一次地
给我扫墓

死　神

每个人都是死亡的候选人
死神的手指指向谁
谁就得出列，有一些人
死神连告别的时间
都不留给他

每个人都有自己的坟墓
那些穷人，那些举目无亲的人
那些流浪者
即使死神的手指指了过来
他们也迟迟不出列
因为他们没有坟墓
他们没有钱
没有亲友
他们有疾病，有可怜的
一点自尊

他们目前还死不起

死神的手指指向另一些人
他们马上出列
过不了几天,或者在早些时候
他们就拥有了
足够豪华的坟墓　之前
会有一场豪华的葬礼　再之前
有豪华的会诊
川流不息的探望
豪华轿车占了医院停车场的
一半车位

也有自动举手
要求出列的
他们有举手的权利
死神面前
人人平等
不平等的
只是场面、规模、规格和尺寸

羊 头

在灵武县城的消夜摊上
我抱着一颗大好的羊头
啃
嘴对上了嘴
我呼出的是热气　它呼出的
也是
我来自北京　它
来自一口铁锅
之前
它应该来自长满青草的乡下
而二十年前的我
也来自
长满青草的乡下

它是市场经济的
晴雨表　我和它

消费者与被消费者
两条腿的消费四条腿的
长胡子的消费剃掉胡子的
外省的消费本地的
今夜　它是我的
大宗消费品

这颗上好的头颅
标价25元
5瓶啤酒　另加20元
我挑剔的胃
似乎并不愿意
给一只羊做停尸房
吃到一半的时候
它隐隐地有些不快
并逐渐
有了些扭捏的迹象

一辆从贵州方向开来的车

一辆从贵州方向
开来的大卡车
经过罗平
进入了云南镜内
这头怀胎的老母猪
吱扭吱扭地
就把大猪嘴
伸进了云南
它的车厢里
装着8头猪仔
这8辆被一路风尘
蒙蔽得
看不出本来面目的
微型车
排成两排
就像是老母猪躺下时

露出的双排扣乳房

这些微型车

被装在加长的

经过改装的大卡车里

与我

擦肩而过

我注意到

我开着的这辆微型车

与它们长得是如此相似

就像是那头老母猪身上的

第九个乳房

而此刻

我正在第九个乳房里

向罗平方向

快速驶去

葬　礼

又少了一位父辈
这人世间
长辈越来越少
孙辈越来越少
亲人越来越少

轮到我的时候
我要自己朗读悼词
并把自己安葬在
离狐仙和酒缸不远的地方
我希望我的亲人对我的离开
一无所知

多依马帮

多依河深处,张大爷与他的一匹老马
早出晚归
这匹矮个子马
瘦弱,乖巧
像个营养不良的孩子
与张大爷形影不离

多依河一年四季,人潮涌动
作为马帮中的一员,张大爷
与他的矮个子马
黎明即起,洒扫庭除之后
就去景区门口集合
等待游客

人走栈道,马有马路
半山坡上

凸凹不平的小路
属于马帮专用，张大爷牵着小矮马
马背上
有时坐着一位壮汉
有时坐着一位少女
他们无一例外
对着多依河大声赞美和感叹
很少有人低下头来
看一眼这匹小矮马
以及小矮马前
牵马的老汉

张大爷从小就光着屁股
在多依河里洗澡、虚度年华
这个生养他的地方早已激不起
他心中的涟漪
他时而看看眼前的陡坡
时而看看马背上的客人
如果客人过于肥胖
他的心里不免暗暗焦急
他的双手使劲拽着缰绳
往陡坡上用力
马背上的客人悠然自得
顾自欣赏美景
他根本不知道

一路上，是两匹老马
一起驮着他前行

清　晨

春节刚过
昆明的、昭通的、兴义的、重庆的……
这些来自天南地北的客人
就涌向罗平
五颜六色们经过民主选举
一致同意，并全票通过了——罗平
作为黄颜色的属地代表
接受所有生灵的检阅

检阅部队有蜻蜓、蝴蝶、蚂蚱、蜜蜂
有牛车、马车、三轮车、脚踏车
有轿车、长途大巴、拖拉机
当然，老远就能听见嘈杂的鼎沸的
来自人类的蛙鸣

清晨

军大衣、羽绒服、冲锋衣们
便在大街上移动开来
他们即将四散
涌向田间地头
享受检阅的乐趣
也有薄毛衣、花衬衣混杂其间
他们大多数是本地人
习惯了早晚温差
不怕感冒和着凉
有一位穿短袖的外地大叔成为了风景
他双手抱紧胳膊
看上去瑟瑟发抖,对天气有着明显的误判
嘴上却倔强地说着:不冷,我不怕冷

我说完不怕冷以后,转身就上了车
整个上午我都在车上渡过
那些旅途中的乐趣和对油菜花们不断的致意
我全委托给了同伴

第二天

第二天,那个对天气误判之人
长了心眼
羽绒服加身
像是穿上了黄马褂
行走起来
比头一天,多了道路自信
老天爷是个九零后少年
喜欢恶作剧,开一些
无伤大雅的玩笑
一大早就艳阳高照
气温从头一天的6度
飙升到了24度
中年大叔内心焦躁,接近崩溃
汗水
浸透了内衣
但是他放不下面子

很多时候
面子比里子重要

在罗平的一个彝族古村落里
中年大叔在汗水中
突然想起一句古诗：
心忧炭贱愿天寒
他觉得自己跟白居易有了呼应
早在唐朝，同样是中年的白大叔
就给他留下了三个字：
愿天寒

瀑 布

垂直倾泻下来的
叫九龙瀑布,远远看去
疑是银河落九天
水花温润而清凉
既濯我心,又濯我足

平铺开来的、无边无际的
波浪般汹涌起伏的
叫油菜花瀑布
像黄金堆满大地
有几座陡峭的山峰不明所以
悄悄地探出了脑袋
向蜜蜂打探消息

那悬空的天幕
蓝得让久受雾霾侵害之人

惊呼并眩晕，这蓝色的瀑布
终年悬挂在罗平上空
即使下雨，雨过之后
碧空如洗
让人想起雷平阳新穿的蓝布褂子
干净，没有一点褶皱

如果能自主择一城终老
我会像何晓坤一样
毫不犹豫地
选择罗平——
这瀑布环绕之地

人 间

这才是人间
该有的样子

什么样子?
去一趟罗平
春天的罗平
有着人间的样子

谒偏脸城

梨树县城向北
有偏脸城遗址
遗址已无人烟
遗物尽埋地下

"志在掳掠,得城施弃"
是蒙古人攻金伐宋的口号
"悉空其人,以为牧场"
把蒙古人的祖先,永远钉在了
反人类的耻辱柱上

偏脸城方向不正
并不妨碍她
留下一段正史
偏脸城已如蒙古人所愿
很长一段时间

都是他们的牧场
但人类心灵的牧场
早已超越民族和种族
看那高远的星空
是我们浩瀚的宽容之心

在洪海

在江津洪海,我惊讶于眼前的绿色
是否真实
远处传来的笑声
是否来自于人间
水面上偶尔漾起的波澜
我能确定
来自于一对野鸳鸯无休止的
缱绻与缠绵

在洪海,还有人在埋头发短信
这样的人
是可耻的,刷微博的人
同样可耻,对同行的女孩
心怀叵测的人
也是可耻的
洪海只能意会

不可意淫

置身于洪海,心中还有杂念的人
是俗人
还惦记着下个月房贷的人
是俗人
还想着回去报复领导的人
是俗人
还琢磨着身上这几个私房钱藏哪儿
媳妇发现不了的人
是大俗人

来自北京的人,高声喧哗
他们把俗气与无耻
发挥到了极致
有一个人对着手机大声叫喊:
对,我不回去了
你们即使给我整个帝都的空气
也不抵我在洪海的一次呼吸

坊茨小镇的一次诗朗诵

把灯弄黑 或者
把插头拔掉 让时光
退回五百年 朗诵
并不是一门现代艺术
不需要声光电
干冰与舞蹈
都是蛇足
蜡烛和油灯
吟和唱 投入与进入
朗和诵
坊茨与一群人
蓝野 路也和林莽
德国黑啤 主人和我

有人站立
手捧一本诗集

表情像当众自慰

最后两句情绪饱满

声调突然变高

像冲刺 像痛快淋漓的

一次高潮

有人哼哼唧唧 扭捏

似乎不习惯

当众解扣子 朗诵

有时候是两个人的

私语与鼓励

并不适合面朝大海 即使春暖

花也不开

我更像一个偷窥者

手上一杯啤酒 油灯昏暗

我的内心闪烁

有一种隐隐的冲动

在召唤我 我知道

坐得久了

上一趟厕所的愿望

越来越强烈

化装舞会

这是一场美妙绝伦的
化装舞会
有钱人尽量把自己
扮成一位流浪汉
几个打工的,穿上了平日里
舍不得穿的西装
尽量装老板
女士们花枝招展
扭捏作态
一位衣衫褴褛者
分不清年纪 在人群中
旁若无人
他有着憔悴的脸庞
和深邃的眼神
有女士邀请他跳一曲
另一位女士对着身旁的男人说

瞧见没有 装酷
就要像他一样
装得像一点

曲终人散 灯光亮起
一地狼藉
那位衣衫褴褛者
终于看清了零食和烟头的位置
这个真正的乞丐
为了找点吃的
在一场化装舞会中
是唯一一个
保持本色的人

告 慰

每天下午两点,我
准时出现在住院部
二楼的走廊里
脚步坚定,面带笑容
他是一位情绪不稳定的人
其实我也是

我就像他的战友,与他
站在同一个战壕里
他有很多战友,而敌人
只有一个
潜伏在他的胸腔里
每天都对他发起攻击
他始终处于被动
只能负隅顽抗

有时，他也做出一副顽强的样子
来安慰我，下午五点
敌人发起了总攻，他拼了老命抵抗
在呼吸机、针水、大夫的手、护士飞奔的
脚步、急救包、强心剂等等的辅助下
他并没有输掉这场战争
他像个真正的勇士一样
赢得了在场的所有人的
尊重
他用与敌人同归于尽的勇气与事实
告慰了所有的亲人
和战友